Chris Adrian

De machine van Gob

VERTAALD DOOR PAUL SYRIER

W0303914

Amsterdam Em. Querido's Uitgeverij BV 2001

Voor mijn broer

De foto's zijn opgenomen met toestemming van Library of Congress, Prints and Photographs Division, Washington, Verenigde Staten

Omslag: Anneke Germers

Oorspronkelijke titel en uitgave: *Gob's Grief* (Broadway Books, New York)

Copyright © 2000 by Chris Adrian. Translation copyright © 2001 by Paul Syrier and Em. Querido's Uitgeverij BV, *Amsterdam.* Niets uit deze uitgave mag worden verveelvoudigd en/of openbaar gemaakt, door middel van druk, fotokopie, microfilm of op welke andere wijze ook, zonder voorafgaande schriftelijke toestemming van Em. Querido's Uitgeverij BV, Singel 262, 1016 AC Amsterdam. *No part of this book may be reproduced in any form, by print, photoprint, microfilm or any other means, without written permission from Em. Querido's Uitgeverij* BV, *Singel 262, 1016* AC *Amsterdam.*

ISBN 90 214 5008 9 / NUGI 301
www.boekboek.nl

Chris Adrian: historie, fantasie en waanzin

Al bij het eerste verhaal dat Chris Adrian publiceerde kondigde hij aan dat hij werkte aan een groot boek. Het zou over tweelingbroers gaan in New York, die met hun telepathische gaven de negentiende-eeuwse wereld zouden bedonderen. Maar in de loop der jaren veranderde het boek steeds van inhoud. Uiteindelijk waren in de grote stapel papier die bij zijn agent terechtkwam alleen de tweelingbroers overgebleven, al het andere was verdwenen of veranderd.

Toen Adrians broer in 1993 bij een auto-ongeluk om het leven kwam, probeerde Adrian zijn verdriet te verwerken in een roman. De hoofdfiguur is dan nog een acteur die de rol van arts heeft in een soapserie. Het leek in niets op *Gob's Grief*. Het had er alleen de titel mee gemeen, en de aandacht voor de personages, zowel dood als levend, die afwisselend hun eigen sterfelijkheid proberen te begrijpen, te ontkennen, te accepteren en te verslaan. Een vriend vertelde Adrian over Mrs. Woodhull, een vurige voorvechtster van het vrouwenkiesrecht en de eerste vrouw die serieus heeft geprobeerd president van Amerika te worden. Door Mevrouw Woodhull raakte hij geïnteresseerd in het New York van vlak na de Amerikaanse Burgeroorlog. Zo kwamen de twee dingen samen: de Burgeroorlog en het verdriet over de doden. Maar wat hij eigenlijk wilde schrijven is een verhaal waarin iemand zijn broer weer terugkrijgt.

En dat is hem gelukt door de werkelijkheid te verrijken met zijn eigenzinnige en overtuigende fantasie. Hij laat historische figuren relaties aangaan met geheel verzonnen personages. Adrian is er zelf verbaasd over dat hij de door moeizame en zware research gevonden personen aan de kant heeft geschoven voor zijn eigen romanfiguren. De echte zoons van Mevrouw Woodhull moesten plaatsmaken voor de twee verzonnen zoons Tomo en Gob, de laatste als hoofdfiguur. En al sterft Tomo meteen in het eerste hoofdstuk als muzikant in de oorlog, de blijvende verbondenheid tussen de tweelingbroers draagt de hele roman.

Omdat de broers samen zouden weglopen en samen zouden gaan vechten, voelt Gob, die het heeft laten afweten, zich schuldig aan Tomo's dood. Alles is erop gericht die schuld teniet te doen en een oplossing te vinden: zijn bizarre scholing door wat bijna een tovenaar mag heten, zijn medische opleiding in New York en de vreemde vriendschappen die hij sluit. Het is de zware last van zijn schuldgevoel die hem uiteindelijk inspireert tot het bouwen van een machine die niet alleen zijn broer, maar alle doden terug tot het leven moet brengen.

En dus treedt er in Adrians boek een hele reeks figuren aan die een geliefd familielid in de oorlog hebben verloren. Historische figuren als de beroemde dichter Walt Whitman en totaal verzonnen figuren, die hem allemaal bij het bouwen van zijn machine zullen helpen.

Het klinkt allemaal zo absurd en ongeloofwaardig: een machine bouwen waardoor mensen terugkeren uit de dood? En het is ook een vreemd verhaal, maar Adrian weet het vol overtuiging te brengen. Als geen ander beschrijft hij het Amerika van na de Burgeroorlog. De vreemde combinatie van al die mensen, die allemaal wel een familielid hadden verloren, met de enorme technische vooruitgang, de komst van de elektriciteit. Dat spanningsveld gaf mensen de gedachte dat alles mogelijk moest zijn. Het idee van de machi-

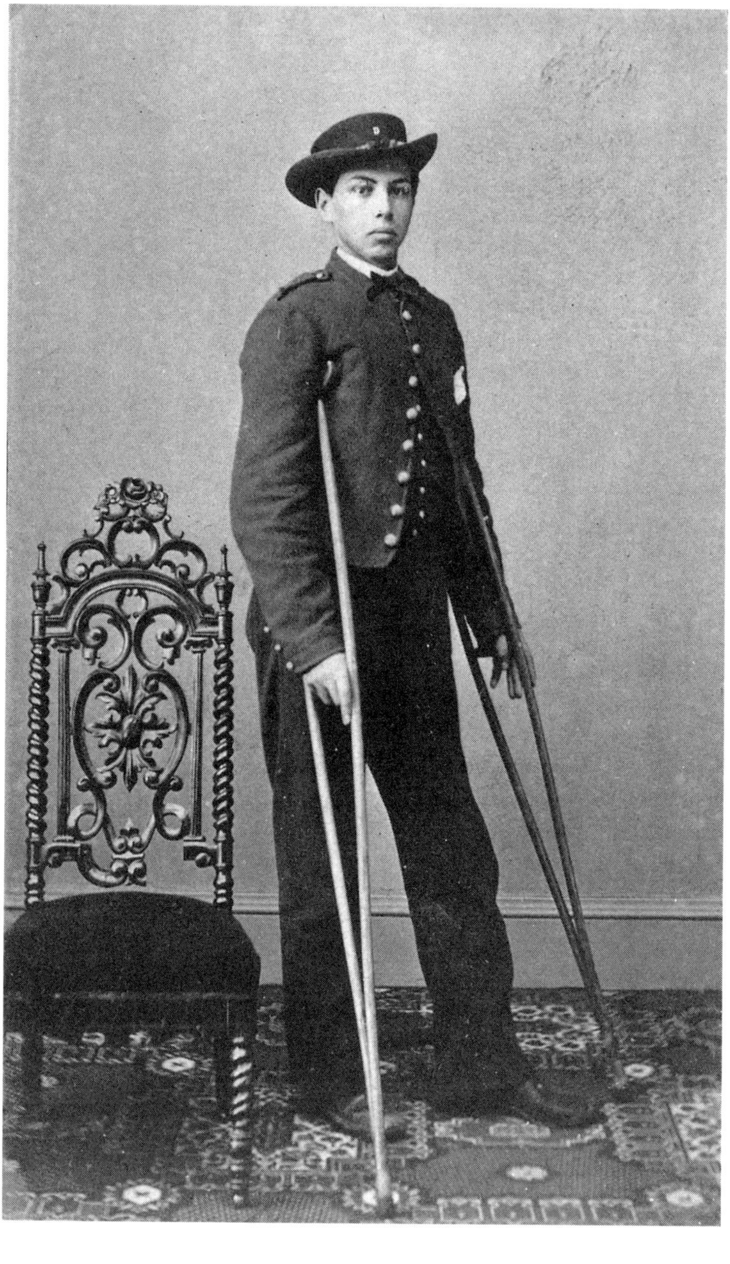

ne is niet eens geheel door Adrian verzonnen. Er was inderdaad een vrouw die het heeft geprobeerd een machine met spiritistische krachten te laten bewegen. De achtergebleven mensen wilden niets liever dan contact met hun doden vinden, en het spiritisme leefde sterk op. Ook Walt Whitman was een aanhanger.

Adrian speelt het spel met de lezer in zijn boek zeer scherp. Hoe ongekend vreemd ook, hij weet steeds te ontroeren. En door die ontroering laat men zich meeslepen en overtuigen. Hij laat zelfs de machine een wezen voortbrengen. Iemand die op deze manier een onmogelijke wereld weet te beschrijven, zodat het lijkt alsof je er rondloopt en het meebeleeft is een groot talent.

Lees de hier opgenomen fragmenten en laat u meevoeren in de vreemde wereld van Gob.

'*De machine van Gob* betovert je met zijn levendige portret van een negentiende-eeuws Amerika dat tegelijkertijd verlamd lijkt en bruisend van plannen en beloftes, met zijn overdaad aan bizarre en verrassende [...] wetenswaardigheden, en zijn vrijmoedigheid in het verzinnen van bijfiguren [...]. Adrian eindigt zijn boek op fabelachtige wijze [...]. Een grandioos debuut.' *Kirkus Reviews* met ster

'Wat over de overgewaardeerde roman *Cold Mountain* van Charles Frazier werd gezegd – een meesterwerk van retrospectieve mythologie – geldt echt voor de roman van Chris Adrian.' *GQ*

'Wat een dickensiaans gevoel voor excentrieke figuren [...]. Als combinatie van een waanzinnige en een poëtische visionair is [Gob] een bewonderenswaardige schepping.' *Baltimore Sun*

'Ik durf het gezoem van voor het verschijnen niet tegen te spreken, als zou zijn stijl op die van Melville lijken. Sterker nog, ik zou Walter Crane, Henry James [...] nog toevoegen aan de omgeving waarbinnen deze verbluffende roman past.' *The News Observer*

'een meesterlijk historisch impressionisme'. *The Wall Street Journal*

Chris Adrian

De machine van Gob

Fragmenten

De ernstigste gevallen werden naar een ziekenhuis gestuurd dat Armory Square heette omdat dit het dichtst bij de steiger aan het uiteinde van Sixth Street lag. Walt ging met ze mee en bleef de diensten verlenen waarmee hij in Falmouth was begonnen – bezoekjes brengen, praten, voorlezen, boodschappen doen en helpen.

Bovendien ging hij naar andere ziekenhuizen. Er waren er zeker genoeg om hem aan het werk te houden. De namen werden in de kranten gepubliceerd alsof het een lijst kerken was – Finley, Campbell, Carver, Harewood, Mount Pleasant, Judiciary. En dan waren er nog de openbare gebouwen, ook propvol gewonden. Zelfs in het Patentkantoor lagen ze: jongens op britsen die op de marmeren vloer van de Modellenkamer waren gezet. Hij bracht malrovesnoepjes mee voor een jongen van achttien uit Iowa die met één arm en een pijnlijke keel voor de vitrine lag waarin de drukpers van Benjamin Franklin stond opgesteld. Twee jongens uit Brooklyn hadden een brits voor de kampuitrusting van generaal Washington. Walt las hun voor uit de kranten uit Brooklyn die zijn moeder hem toestuurde, af en toe opkijkend naar de tent van de generaal, die keurig om de palen zat gewikkeld, zijn vouwstoelen en eetgerei, zijn zwaard en rottinkje, zijn wastafel, zijn landmeterskompas en een stukje verderop, in een speciale vitrine, de Onafhankelijkheidsverklaring. Andere gewonde jongens lagen voor stukken van de Atlantische Kabel, naast ingenieus speelgoed, met uitzicht op rattenvallen, naast het scheermes van kapitein Cook.

Walt kon niet iedere plek op één dag bezoeken, hoewel hij

het aanvankelijk wel probeerde. Uiteindelijk selecteerde hij er een paar en bleef daar heen gaan. Meestal zat hij echter in Armory Square, waar Hank Smith lag.

'Ik had het pistool van mijn vader bij me,' zei Hank Smith, die met gespreide ledematen in het smalle ijzeren bed lag. 'Daardoor heb ik mijn been nog.' Het was niet de eerste keer dat Walt te horen kreeg hoe Hank zijn eigen been had gered uit de handen van de 'slagers' in het veldlazaret, maar hij vond het niet erg het verhaal nog eens te horen. Het was lente. Het ging nog steeds slecht met het been, maar niet zo slecht als het was gegaan. Dat was in ieder geval de indruk die Hank gaf. Hij klaagde nooit over zijn wond.

Hij had ook tyfus gehad, een cadeautje van het ziekenhuis. 'Ik wil mijn pistool terug,' zei hij.

'Ik zal zien wat ik kan doen.' Dat zei Walt altijd, maar ze wisten beiden dat niemand Hank het pistool zou teruggeven waarmee hij had gedreigd het hoofd van de chirurg af te schieten die had geprobeerd zijn been te amputeren. Ze hadden hem toen met rust gelaten, en later had een andere dokter gezegd dat amputatie niet nodig was.

'Hier heb je intussen een sinaasappel,' zei Walt. Hij haalde de vrucht uit zijn jaszak en pelde hem. Sommige soldaten draaiden hun hoofd in bed om toen de geur door de zaal trok. Een paar vroegen of hij er een voor hen had.

'Natuurlijk,' zei Hank. Walt had een hele jas vol. Hij had ze gekocht op de Center Market en was toen door de mistige, natte ochtend gelopen, over het brakke kanaal en de smerige Mall. Van het onvoltooide monument voor generaal Washington was het geloei van vee naar hem toegewaaid terwijl hij voortliep, verlangend naar een sinaasappel voor zichzelf, maar bang er een op te eten voor het geval hij tekort zou komen als hij eenmaal in het ziekenhuis zou zijn. Hij had van weldoeners in Brooklyn en New York en elders geld voor sinaasappelen, snoepjes, boeken, tabak en andere nuttige zaken gekregen. En hij had een beetje geld voor zichzelf van een baantje, drie uur per dag als kopiist op het Betaalkantoor – voorlopig was hij niet meer op zoek naar een mooiere betrekking, had hij de introductiebrieven voor machtige lieden van meneer Emerson in een la weggestopt. Vanuit zijn kamer op het Betaalkantoor had hij een spectaculair uitzicht op Georgetown en de rivier en op de rotsen waarvan werd gezegd dat ze het watergraf van drie indiaanse zusters markeerden. De zusters hadden die plek vervloekt: iedereen die daar probeerde de rivier over te steken zou verdrinken. Walt zat regelmatig naar de rotsen te staren, stelde zich voor dat hij op de oever zijn overhemd en schoenen uittrok en dat hij probeerde naar de overkant te zwemmen. Hij stelde zich ook voor dat hij verdronk, dat het zware gewicht van het water op hem neerdrukte. (Als kind was hij bijna verdronken in zee.) Onvermijdelijk werden zijn dromerijen onderbroken door het klomp-klomp van eenbenige soldaten die op hun krukken de trap opkwamen naar het kantoor dat, pervers, op de derde verdieping lag.

Nadat hij de sinaasappelen had uitgedeeld schreef Walt brieven voor de verschillende jongens tot zijn hand begon te krampen. *Lieve zus*, schreef hij voor Hank, *ik ben moedig maar slecht geweest. Bid voor me.*

Armory Square stond onder leiding van een briljante dronkaard die Canning Woodhull heette. Bij een glas whiskey legde hij Walt zijn radicale beleid uit – onder meer het wassen van handen en instrumenten, het weggooien van gebruikte sponzen en het afnemen van alles wat je zag met de bitter ruikende Labarraque's-oplossing. Bovendien had hij geen enkel vertrouwen in heilzame etter.

'Niks heilzaams aan,' zei hij. 'Wit of groen, etter is etter, en beide zijn slecht voor die jongens. Er zitten beestjes in die wonden – elementen van het kwaad. Ze zijn de afgezanten van de Hel, naar de aarde gestuurd om ons lijden te verhevigen, om de dood te verhevigen en de rouw te verhevigen. Je kunt ze alleen maar zien door wat ze aanrichten.' De twee mannen klonken en dronken, en Walt trok een gezicht omdat het medicinale whiskey was, met een scheut kinine. Woodhull scheen er echter geen last van te hebben.

'Ik heb deze informatie van mijn vrouw,' zei Woodhull, 'die over grote en geheime kennis beschikt. Ze praat met geesten. Veel van wat ze hoort is onzin – vertel haar niet dat ik dat heb gezegd. Maar dat van die beestjes in etter, dat is waar.'

Misschien was het wel waar. In het ziekenhuis van Woodhull werden de ergste gevallen opgenomen, en het hield hen beter in leven dan welk ander ziekenhuis in de stad ook, zelfs degene die gevallen kregen die maar half zo ernstig waren. De dokter bleef in dienst gehandhaafd ondanks zijn reputatie van mislukkeling en dronkaard en aspirant-waanzinnige. Een jaar daarvoor was hij verwijderd door een coalitie van zijn collega's, en vlak daarna weer op zijn post benoemd door dokter Letterman, de medisch directeur van het Leger van de Potomac, die persoonlijk onder de indruk was geraakt van zijn vele bezoeken aan Armory Square. 'Ze zeggen dat generaal Grant ook te veel drinkt,' had Letterman in antwoord op beschuldigingen tegen dokter Woodhull gezegd.

'Die beestjes zijn gevoelig voor gebeden en broom, en voor whiskey en Labarraque's. Daar hebben we geluk aan gehad.' Woodhull sloeg nog een glas achterover. 'Ach, meneer, en dan is er nog dat gedoe met die verpleegsters. Sommigen klagen. Nog afgelopen dinsdag zat ik in zaal E met de geduchte mevrouw Hawley. We zagen u aan de andere kant van de gang binnenkomen en ze zei: "Daar komt die vreselijke Walt Whitman met mijn jongens over het kwaad en ongeloof praten. Ik zou nog liever de duivel in eigen persoon op mijn afdeling zien – als hij maar duidelijk horens en hoeven zou hebben. Ik stuur hem zo snel mogelijk weer weg!" En ze zette het op een rennen om precies dat te gaan doen. En u weet dat het haar niet lukte u eruit te sturen, dat het haar nooit lukt u eruit te sturen.' Hij schonk weer in.

'Zal ik dan maar niet meer komen?'

'Alstublieft niet. Zolang de oude Hawley klaagt weet ik dat u goed doet. God zegene haar spitse kleine hoofd.'

Er kwamen twee chirurgen binnen in Woodhulls geïmproviseerde kantoortje, een hoek van zaal F, die met drie regimentsvlaggen was afgescheiden.

'*Assistent* chirurg Walker is vastbesloten kapitein Carter te vermoorden,' zei dokter Bliss, een gemelijke man met zwarte ogen uit Baltimore. 'Ze heeft hem opium gegeven voor zijn diarree en, naar mijn mening heel dwaas, juist geen braakwortel en kamomel.' Dokter Mary Walker stond naast hem, rustig kijkend, haar armen voor haar borst over elkaar geslagen; haar blauwe uniform was smetteloos schoon, een opvallend contrast met de gevlekte en kale overjas van Woodhull, die hij zowel 's zomers als 's winters droeg.

'Dokter Walker doet wat ik haar gevraagd heb,' zei Woodhull. 'Braakwortel en kamomel zijn verboden in alle gevallen van vloeiing en diarree.'

'Waarom in godsnaam?' vroeg dokter Bliss, wiens gezicht rood werd. Hij was nieuw in Armory Square. Eerder die dag had Woodhull hem de mantel uitgeveegd omdat hij een etterende borstwond niet had schoongemaakt.

'Omdat dat het beste is,' zei Woodhull. 'Als je het zo doet zal die jongen niet sterven. Als je het zo doet zal het hart van iemands moeder niet breken. Daarom.'

Dokter Bliss werd nog roder, en verbleekte toen, alsof zijn woede was gebroken en weggeëbd. Hij trok een grimas tegen dokter Walker, draaide zich abrupt om en liep het kantoortje uit. Dokter Walker ging zitten.

'Ongelikte beer,' zei ze. Woodhull schonk een whiskey voor haar in, overhandigde haar het glas en begon het verbandpluksel van haar epauletten van tweede luitenant te kloppen. Het was in het ziekenhuis een publiek geheim dat ze behalve in formele zin eigenlijk getrouwd waren.

'Dokter Walker,' zei Woodhull, 'waarom vertelt u meneer Whitman niet over toen u laatst bent gearresteerd?'

De vrouw nam een slokje van haar whiskey en vertelde dat

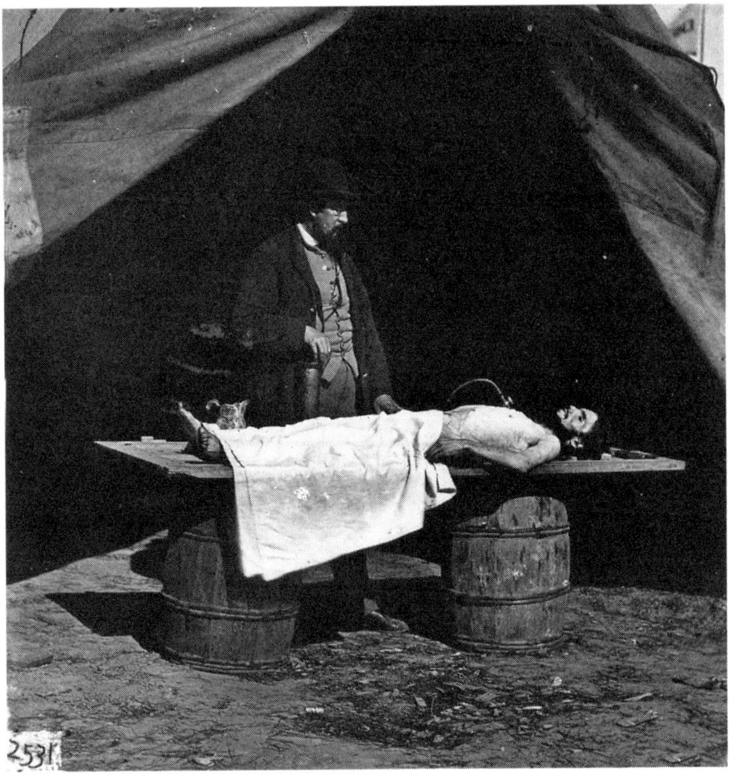
2531

ze pal voor haar pension was gearresteerd omdat ze als man gekleed was. Walt luisterde maar half naar haar verhaal. Hij dacht na over diarree. Het was zo ongeveer het allerergste, had hij geconcludeerd. Hij had gezien dat er meer jongens aan doodgingen dan aan alle miniékogels en scherven en tyfus en longontsteking, dan aan alle andere kwalen samen. Hij had zijn moeder geschreven: *Oorlog is negenhonderdnegenennegentig delen diarree op één deel glorie. De mensen die van oorlogen houden zouden gedwongen moeten worden erin mee te vechten.* En soms geloofde hij, tot zijn nek in ziekte en dood staand, inderdaad dat de oorlog een ondraaglijk kwaad was, maar op andere momenten vond hij het glorieus noodzakelijk en beschouwde hij al het bloed en de slachtingen en de ellende als een verschrikkelijk nieuw begin, dat hem op een of andere manier opluchtte.

'Ik heb mijn best gedaan me tegen ze te verzetten,' zei dokter Walker, 'en ik schreeuwde: "Het Congres heeft me het recht toegekend een broek te dragen!"' Ze hield haar kroes op voor nog wat whiskey, en schudde bedroefd haar hoofd tegen Walt. 'Maar het hielp niet.'

[...]

'U moet die baard wassen voordat u mijn operatiekamer binnenkomt,' zei dokter Woodhull. Walt stonk naar vuilnis. Hij liep naar een wastafel en dokter Walker hielp hem zijn baard schoonmaken met creosoot, kaliumpermanganaat en Labarraque's-oplossing. Walt hield een in chloroform gedrenkte spons onder Hanks neus, ook al was deze niet wakker geworden sinds hij op de vuilnishoop in slaap was gevallen. Hij hield de hele tijd zijn hand op Hanks gezicht, maar kon niet kijken toen dokter Walker het mes in het been zette en dokter Woodhull de aderen afklemde. Hij keek omlaag en zag bloed over de vloer kruipen, waar het door hopen zaagsel werd opgenomen.

'Dat daar op de vloer is het beste bloed van Amerika,' zei

Walt tegen dokter Woodhull, maar hij en dokter Walker waren te gespannen met hun werk bezig om hem te horen. Walt richtte zijn aandacht op een litho die aan de overkant van het vertrek aan de muur hing. Hij was uit een boek over de antieke wereld gescheurd; het was een afbeelding van op hun rug liggende zieken, die verzorgd werden door de priesters van Asklepios, wiens standbeeld de tempel domineerde. Hij hield een staf in zijn hand waaromheen een slang kronkelde, en aan zijn voeten lag een grote, vriendelijk ogende stenen hond. *Iedere nacht, duizend jaar lang*, stond er, *zochten de zieken en wanhopigen genezing en dromen in de tempels van Asklepios.* Walt sloot zijn ogen en luisterde hoe de zaag zich piepend een weg zocht door Hanks botten. Hij legde een hand op Hanks hoofd en dacht: Leef, leef, leef.

Hank werd even wakker.

'Ze hebben mijn been,' zei hij. 'U hebt het ze laten weghalen.'

'Nee,' zei Walt. 'Ik heb het hier.' Het been lag in zijn schoot, verpakt in twee schone witte lakens. Hij had niet toegestaan dat de verpleegsters het naar het mortuarium meenamen. Walt gaf het aan Hank, die het stevig tegen zijn borst drukte.

'Ik wil niet dood,' zei Hank.

[...]

Walt was in New York toen hij van de dood van Lincoln hoorde. Die zaterdag zat hij aan de ontbijttafel met zijn moeder; ze aten geen van beiden iets, ze zeiden geen van beiden iets. Hij was de rivier overgestoken naar Manhattan en had de hele dag in de vreemd stille en ingetogen stad rondgelopen. Alle winkels waren dicht, behalve die waar rouwartikelen werden verkocht. Walt liep ergens binnen en kocht crèpe om het huis van zijn moeder in rouw te hullen, en een spreuk voor haar voordeur: *O the pity of it, Iago, the pity of it!*

Die hele week ging hij eropuit om te zien hoe de rouw de stad in haar greep kreeg. Van Bowling Green tot Union Square, op iedere winkel, ieder huis en ieder hotel aan Broadway wemelde het van de nationale vlaggen ter viering van Appomattox, en over al deze vlaggen hing zwart laken. In de haven wapperden zwarte wimpels boven de halfmast gehesen vlaggen, en de individuele vlaggen van kapiteins en eigenaren waren zwart omfloerst. In de hele stad werden met het verstrijken van de week de crèpeslingers donkerder, dichter en talrijker, tot Walt dacht dat de hemel zou verdwijnen achter een laaghangende buik van crèpe, die zo dicht en laag boven iedere straat hing dat Manhattan voor de eeuwigheid voor de wereld verborgen zou kunnen worden.

Toen het lichaam van de president in New York aankwam stond Walt in de immense menigte, die rijen vormde rond City Hall, wachtend op zijn beurt om de dode te zien. Van de westelijke ingang van het park stonden de mensen twintig rijen breed en drie huizenblokken diep in Murray Street. De menigte strekte zich over het hele Printing House Square uit, en vandaar Chatham op tot Mulberry Street. Iedere minuut klonken er kanonschoten en in de hele stad beierden kerkklokken. Voor City Hall zong een groep Duitsers het 'Geestenkoor' van Schumann.

In City Hall stond de schitterende katafalk op Walt te wachten. De doodskist lag onder een tweeëntwintig voet hoge boog waarop een zilveren adelaar stond die zijn kop treurig liet hangen en zijn vleugels bedeesd tegen zijn lichaam gevouwen hield. Heel langzaam bewoog de rij zich vooruit, tot Walt tenslotte het lijk lang en terdege kon bekijken, de kist van hout en lood en zilver en fluweel, de bloemen – scharlakenrode azalea's en dubbele nasturtiums, witte japonica's en sinaasappelbloesem en seringen. Het lichaam lag daar al vele uren toen Walt het zag. Het gezicht begon al tekenen van ontbinding te vertonen – misschien, dacht Walt, door de druk van al die duizenden en duizenden paren ogen die het hadden gezien. De onderkaak was opengezakt, de lippen waren van elkaar geweken, waardoor je de tanden zag. Een begrafenisondernemer bukte zich naast Walt en stofte het gezicht discreet af, maar hierdoor werd het alleen maar erger.

Walt staarde en staarde, hield de rij op, gefascineerd door het dode, grauwe gezicht. Een dame achter hem gaf hem een beleefd duwtje. Haar kind, dat van afschuw was vervuld door het onaangenaam ogende gezicht, huilde, en ze wilde verder. Walt maakte een lichte buiging voor haar, maar toen hij zich omdraaide om weg te lopen hoorde hij een stem zijn naam roepen, *Walt, Walt, Walt.* Hij draaide zich weer om naar de dame.

'Zei u iets?' vroeg hij haar, hoewel het geen damesstem was die hij had gehoord. Ze schudde haar hoofd, nee, gebaarde of hij alstublieft wilde doorlopen. Walt keek nog eens naar het gezicht van de overleden president, naar de openhangende lippen. Terwijl hij wegliep hoorde hij de stem weer, nu klagend: *Walt!*

Wekenlang zou de stem alleen maar zijn naam roepen. Toen hij weer in Washington was riep de stem hem als hij aan zijn bureau op het Patentkantoor zat. Hij had sinds januari een nieuwe baan en werkte nu als klerk bij de Afdeling Binnenland. *Walt,* zei de stem dan, en dan keek hij op naar de indianen die sereen wachtten tot ze een ondersecretaris te spreken zouden krijgen, verheven en afwezig daar zittend, met hun halskettingen en veren en verf. 'Zei u iets?' vroeg Walt hun dan.

De stem bleef die hele zomer Walts naam roepen, en daarna ook nog. Ze riep hem tijdens zijn werk op het kantoor van de minister van Justitie, dat voor hem door een vriend geregeld was nadat hij (vanwege zijn *Leaves*) bij het ministerie van Binnenlandse Zaken was ontslagen. Dag en nacht hoorde hij haar, als hij wakker was, als hij sliep en als hij droomde, en hij dacht dat het zijn broer was, tot hij wist dat het Hank was en hij noemde de stem Hank, en toen sprak ze liefkozend en langdurig tegen hem en riep niet meer alleen zijn naam. En tot hij haar een naam had gegeven was hij bang dat de stem een symptoom van een geestesziekte was, maar zijn bezorgdheid smolt langzaam weg tot het hem niet meer kon schelen of zijn geest tot waanzin verviel, zolang de stem maar bleef spreken. *Wat dacht je?* vroeg de stem hem. *Dacht je dat ik je alleen zou laten?*

[...]

Op een dag in oktober nam Walt Hank mee voor een rit met de Belt Line. Ze stapten vroeg in de middag in en reden steeds maar weer rondjes, om de zuidelijke wijken van Manhattan heen, omlaag langs de steigers aan de Hudson, weer omhoog langs de oever van East River en dan Fiftyninth Street over, waar de rit opnieuw begon. Het was een stoffige en warme dag. Walt liet zijn hoofd tegen het raam rusten en keek hoe de zon door de scheepsvlaggen priemde. *Een prachtige dag*, zei Hank, en Walt vroeg zich, niet voor het eerst, af of hij niet tweemaal de ritprijs moest betalen omdat hij Hank bij zich had.

Geheel in beslag genomen door de zonbeschenen vlaggen merkte Walt de in- en uitstappende passagiers nauwelijks op, tot er op Fulton Market een man instapte die Walts aandacht trok. Hij struikelde op de treeplank en viel de omnibus in, waarbij hij zich nog net kon vasthouden aan de leidsels van de koetsier en er een enorme ruk aan gaf. De koetsier (hij heette Carl en was een vriend van Walt) vloekte hem uit. De man stak zijn hand omhoog en gaf een kneepje in de kuit van de koetsier, die omlaag hing, in het zicht van alle passagiers.

'Neemt u me niet kwalijk,' zei hij. 'Het spijt me vreselijk.'

Er kwam een gesmoord antwoord van de koetsier op zijn hoge zitplaats. Walt wendde zijn blik af toen de man naar achteren liep: hij voelde zich opeens verlegen, hoewel hij nog nooit eerder verlegen was geweest op een omnibus. Hij had op omnibussen allerlei mannen aangeklampt en op die manier tal van goede vrienden gemaakt. Maar nu, terwijl de man tegenover hem plaatsnam, staarde Walt uit het raam op de grond, waarover al die schaduwen van masten en tuigage lagen. Toen de man dichterbij was gekomen had Walt even geloerd en gezien dat de ander jong was, of er in ieder geval heel jong uitzag, ondanks die grote bruine baard.

'Hallo,' zei hij. Walt reageerde niet, en dat was het moment dat Hank zijn eerste postume eis stelde. *Zeg hallo terug, Walt.* Maar Walt zei niets.

De jonge kerel begon een deuntje te zingen: 'Houthakker, spaar die boom alsjeblieft,' en verviel soms tot een geneurie als hij de woorden vergeten was. Toen ze East Side op waren geweest en langs de zuidelijke grens van Central Park waren gekomen zei de kerel weer iets. 'U maakt gewoon een ritje, net als ik.' Walt zei niets en Hank foeterde hem uit. *Ik heb nooit geweten dat je zo onbeleefd was.* Walt liet zijn hoofd hangen en deed alsof hij sliep. Zijn handpalmen gloeiden en zijn hart voelde aan alsof het vlak onder zijn kin bonkte. *Kijk nou naar hem*, zei Hank. *Kijk eens goed naar hem. Dan snap je het.*

'Die lui uit Boston doen tegen iedereen uit de hoogte,' zei de kerel.

Walt liet een namaakgesnurk horen.

'Komt u uit Boston?'

Walt deed zijn ogen open, maar keek niet op. 'Ik kom niet uit Boston,' zei hij. 'En ik ben gewoon niet in de stemming voor een gesprek.'

'Nou, dat had u dan evengoed kunnen zeggen.' De jonge man zat een tijdje te mompelen, en toen ze bij de oesterboten aan Tenth Street waren gekomen stond hij op en stapte uit de omnibus. De verlegenheid en angst van Walt verdwenen meteen; hij wenste dat hij niet zo onbeleefd was geweest en hij voelde de aanvechting achter de man aan te rennen, alleen maar om zijn verontschuldigingen aan te bieden.

Maar de ander was maar een minuut weg. Voordat de omnibus hem achter had kunnen laten keerde hij terug met een emmertje oesters en ging weer op zijn oude plek zitten. Algauw hoorde Walt hoe hij de oesters leegslurpte en de schalen op de vloer gooide, op het stro en de opgedroogde modder. 'O, verdomme,' zei de man opeens. Walt keek op en zag dat de man zich in zijn duim had gesneden toen hij had geprobeerd een oester open te maken. Aan de gewonde hand had hij maar vier vingers: hij miste de pink van zijn linkerhand. Hij bracht zijn duim naar zijn mond, waardoor zijn lippen onder het bloed kwamen te zitten. Hij keek weg van de deur en zijn blik ving die van Walt en Walt zag dat zijn ogen niet sterker op die van Hank hadden kunnen lijken als wanneer hij ze had gestolen en in zijn eigen gezicht had gezet. Walt kreeg op dat moment een gevoel dat zijn hart binnensloop en zich bij zijn verlegenheid en angst nestelde, maar er niet voor in de plaats kwam. Deze kerel, deze jongen, kwam hem intens bekend voor—hij wist zeker dat hij hem al eerder had ontmoet of zijn gezicht had gezien, hoewel hij wist dat het niet zo was. *Kus hem, Walt*, zei Hank. *Omhels hem. Hij is voor jou, en jij bent voor hem, een grote, ware kameraad en een grote ziel. Hij is een bouwer.*'

'Gaat het, meneer?' vroeg Walt hem, want de duim, die nu niet meer in de mond van de jongeman stak, bloedde overvloedig. Walt dacht terug aan een moment in Armory Square, toen hij zichzelf in zijn duim had gesneden met een scalpel die onder het gangreenvuil had gezeten. Zijn duim was als een pruim gezwollen en het had maanden geduurd voor hij was genezen.

'Het is maar een schram,' zei de jongen. Nu dacht Walt echt dat het maar een jongen was, nog geen twintig, hoewel er diepe groeven over zijn voorhoofd liepen. Walt boog zich heel langzaam voorover om de wond te bekijken.

'Het is een diepe wond. Hij moet verbonden worden.'

'Zo diep is hij niet,' zei hij. 'Ziet u wel? Hij droogt al op.' Hij schudde er een paar keer mee en het druppelen van het bloed vertraagde en hield op.

'Maar het was wel diep,' zei Walt, die dacht een flits van een wit bot tussen de wanden van de snee gezien te hebben.

'Nee,' zei de kerel. 'Volgens mij niet. En ik ben arts. Een

kenner, zo u wilt, van wonden.' Hij stak zijn bebloede hand uit, zodat Walt haar kon schudden. 'Dokter George Washington Woodhull,' zei hij, 'maar noemt u me alstublieft Gob.'

Walt staarde en staarde hem aan, maar schudde de hand niet. Hoewel Armory Square hem zo levendig voor de geest stond dat hij soms dacht dat hij nog steeds bloed en ether in zijn baard en zijn huid rook, duurde het even voordat hij de naam Woodhull had thuisgebracht.

'Goed, u bent Walt Whitman. Dat hoeft u me niet te vertellen. Ik wist het op het moment dat ik instapte. Wie anders, vraag ik u, zou er op Walt Whitman lijken? En kijkt u hier eens, de hele stad is van uw bezoek op de hoogte gesteld.' Hij ging naast Walt zitten en haalde een exemplaar van de *Times* uit zijn jaszak. 'Met de komst van de herfst,' las hij, 'maakt Walt Whitman weer zijn opwachting op de trottoirs van Broadway. Zijn grote, massieve persoon, zijn ernstige en profetische, en toch vrije en mannelijke verschijning, zijn zorgeloze omgangsvormen en manier van bewegen, zijn makkelijke en nonchalante maar schone en gezonde uitmonstering – dit alles resulteert in een gedaante en een individualiteit die de aandacht en belangstelling van iedere voorbijganger trok.' Walt staarde naar de krant, herinnerde zich dokter Woodhull van Armory Square en besteedde nauwelijks aandacht aan het persoonlijke bericht in de krant, hoewel hij er erg aangenaam door was getroffen. Hij had de schets ervoor zelf geschreven en bij een vriend bij de *Times* ingediend.

'Meneer Whitman,' zei de jongen. 'Ik ben toch zo blij u te leren kennen.' Hij stak nogmaals zijn hand uit en ditmaal pakte Walt hem wel aan. Het was een kleine maar sterke hand, en de jongen kneep zo hard dat Walt dacht dat hij zou gaan kreunen. Hij pompte Walts arm op en neer, en bij iedere beweging kreeg Walt een gevoel, een gelukkig gevoel, alsof deze jongen hem volpompte met vreugde. *Zie je?* vroeg Hank. *Zie je hem, Walt? Zie je hem?*

[...]

‘Kijk daar eens, Walt,’ zei Gob. ‘Wat vind je van die boot? Het was juli 1870. Walt en Gob zaten in New York. Ze waren naar de waterkant gegaan om naar de Queen’s Cup-zeilwedstrijd te kijken en stonden in een menigte van honderdduizend toeschouwers die overal rond de haven op de oevers en heuvels was samengestroomd. Walt volgde Gobs wijzende vinger naar een boot die *America* heette.

‘Het mooiste scheepje dat ik ooit heb gezien,’ zei Walt, maar eigenlijk was hij gek op alle boten en waren ze in zijn ogen allemaal even prachtig. Walt keek hoe de witte zeilen klapperden op de bries en de boten door het groene water sneden, vlaggen en wimpels meeslepend en met hun voorstevens wit stuifwater opwerpend. Hij leunde tegen Gob aan en probeerde nergens aan te denken, probeerde de prachtige, vooruitschietende vormen zijn blikveld en geest te laten domineren. Gedachten aan Gob begonnen de boten echter te verdringen – eerst stelde hij zich voor dat hij met Gob in de *America* zeilde, hoe opgetogen ze beiden zouden zijn zo snel te varen. En toen stelde Walt zich voor dat ze zich over het water bewogen zonder een boot nodig te hebben. Hand in hand renden Gob en hij over de baai en sprongen brullend van de hoge toppen van de golven. Zo ging het altijd: het was niet genoeg om gewoon met hem samen te zijn; samen zijn met hem leidde tot denken aan hem, zelfs als ze samen waren. *Je Camerado*, zei Hank, en soms had het er inderdaad veel van weg dat Gob dat was, een vriend die uitsteeg boven alle vrienden. Toch leek hij soms een vreemde, zelfs na een omgang van een jaar en meer. Of misschien kon hij beter zeggen dat hij vreemd was in plaats van een vreemde. Want hij *was* vreemd, oneindig vreemd. Hij beschikte over vreemde kennis en had vreemde obsessies. Zijn beroep was medicijnen, maar hij wijdde zijn leven aan die wonderlijke, tirannieke machine – wonderlijk omdat hij werkelijk de dood wilde afschaffen, tiranniek omdat hij verslaafd was aan de schepping ervan. ‘Ik geef hem alles,’ zei hij bij een gelegenheid tegen Walt, ‘en hij geeft mij niets.’

Hij is een bouwer, zei Hank, maar Walt vreesde dikwijls dat Gob een beetje krankzinnig was, dat zijn droge, tot obsessies leidende verbeeldingskracht door de dood van zijn broer in vuur en vlam was gezet. Gob bewaarde de machine bij zich thuis, een huis van vier verdiepingen aan Fifth Avenue in de buurt van de voortdurend groeiende katholieke kathedraal. Madame Restell, de beruchte abortrice, woonde nog geen drie huizen verderop. Gob kende haar. Hij noemde haar Tantetje.

Walt had een hekel aan het huis gehad sinds hij er voor het eerst was binnengekomen, de eerste keer dat hij naar New York was gegaan om Gob op te zoeken en een rondleiding had gekregen. Het was een oord zonder licht en het zag eruit alsof het in geen jaren was schoongemaakt. Iedere muur, zelfs in de keuken, stond vol boeken. Walt kneep zijn ogen halfdicht om in het voorbijgaan de titels te lezen. Hij zag *Orthographic and Spherical Projections, Determinative Mineralogy, Design of Hydraulic Motors, On the Vanity of Arts and Sciences*, maar er was geen regel poëzie te vinden. Overal lag het bouwmateriaal van Gob verspreid—geweldige tandwielen en metalen balken lagen op een hoop in de eetkamer, stapels magneten op de banken in de salon. 'De bedienden zijn vertrokken toen mijn leraar was overleden,' zei Gob. Walt stelde vragen over deze leraar, hoe het kwam dat Gob gescheiden van zijn moeder woonde, en waarom hij al langer in New York woonde dan zijn moeder—hij woonde er, zo begreep Walt, al sinds de herfst van 1863, terwijl Victoria Woodhull er pas in '68 was aangekomen. Op al zijn vragen antwoordde Gob eenvoudigweg: 'Het is niet belangrijk. Het is allemaal verleden tijd.' Walt kreeg langzamerhand een beeld van deze leraar als een soort anti-Camerado, een niet-vriend, die zowel wijs als wreed was, het soort beest dat graag vanuit de comfortabele positie van zijn graf vriendschappen vernietigt.

'Wat is daarachter?' had Walt aan het einde van de rondleiding gevraagd, toen ze in Gobs slaapkamer bovenin het huis waren aangekomen, de plaats waar de bedienden gewoonlijk werden ondergebracht. Walt wees op een reusachtige ijzeren deur op enkele meters van het bed.

'Mijn werkplaats,' zei Gob zachtjes. Hij was stil en nerveus geworden toen ze eenmaal de hoger gelegen delen van het huis hadden bereikt. Op de vierde verdieping stak Walt zijn hoofd in een niet meer gebruikte en verwaarloosde broeikas. Hij stond vol dode planten en de vloer ging schuil onder een laag dode bladeren. 'Daar is niets te zien,' zei Gob, terwijl hij hem door de enige andere deur trok die op de lange gang uitkwam.

Walt keek om zich heen. Dit was de enige schone kamer die hij in het huis had gezien, een in simpele stijl ingerichte slaapkamer, afgezien van het bed, dat geweldig groot en druk versierd was, en behangen met witte gordijnen die huiverden en golfden op de bries die door een in weerwil van de kou openstaand raam kwam. Door een blauw bovenlicht viel er getint zonlicht in de kamer. Er stond een kast en een pijnboomhouten bureau, dat overdekt was met wiskundige krabbels. De vloer was van hout en dik bedekt met tapijten, behalve in één hoek, die met een kleine cirkel van steen was geplaveid. Terwijl Walt in de kamer rondkeek, was Gob naar deze hoek gegaan, had zijn broek losgemaakt en laten zakken. Hij viel op zijn knieën en boog zijn hoofd naar de vloer. Walt wendde zijn blik te laat af—hij zag het afgrijselijke ding als een vlezig oog dat obsceen naar hem knipoogde.

'Ik ben klaar,' zei Gob zacht, maar Walt was gevlucht, de deur uit en de trap af. Hij rende de hele Fifth Avenue af en haastte zich naar Brooklyn, rende zelfs terug naar Washington nadat hij de eerste de beste trein had genomen, na heel haastig afscheid van zijn moeder te hebben genomen. Toen hij weer in zijn kamer in Washington zat had hij het gevoel dat hij eindelijk weer rustig adem kon halen. Hij huilde omdat hij dacht dat zijn prachtige vriendschap was vernietigd. Gob stuurde hem een pakje met een simpel briefje. *Vergeef me*, schreef hij, *ik dacht even dat je mijn meester was.* In het pakje zat een cadeau, een exemplaar van *Leaves*, het enige cadeau, zei hij later, waarvan hij absoluut zeker wist dat Walt het zou waarderen. Gob had er als opdracht een parafrase van Emerson in gezet: *Ware vriendschap is, net als de onsterfelijkheid van de ziel, te mooi om in te geloven.*

Walt schreef terug: *Beste Gob, je moet me vergeven dat ik de laatste dag zo koud tegen je was. Ik was onzegbaar geschokt en vervuld van weerzin door dat voorstel van je—je weet wat ik bedoel. Het leek me inderdaad (want ik zal duidelijk tegen je spreken, liefste kameraad) dat degene van wie ik hield, en die altijd zo mannelijk en gevoelig was geweest, verdwenen was en dat een dwaas en aspirant-moordenaar zijn plaats had ingenomen. Maar ik zal het hier verder niet over hebben—want ik weet dat deze inval bij je moet zijn opgekomen toen je niet jezelf was, op een moment van verstandsverbijstering—en dat hij als een slechte droom is vervlogen.*

Ze zeiden niets meer over het incident, en hoewel het vreselijk was geweest was Walt later blij dat het was gebeurd, omdat het het geweldige karakter van hun vriendschap blootlegde – het leek hem dat alleen de beste en zuiverste soort vriendschap een dergelijke verschrikking kon overwinnen. Dat Gob eenmaal of honderd keer zijn afgrijzen wekte, dat hij een klein beetje of heel erg krankzinnig was, dat hij een jongen van zeventien was die zich dikwijls als een oude man van zevenenzeventig gedroeg—wat deed het ertoe? Walt had zijn gevoelens voor Gob nauwgezet onderzocht en ontdekt dat ze even breed en diep waren als zijn eigen ziel.

De dag na de Queen's Cup-zeilwedstrijd gingen Walt en Gob naar Paumanok, omdat Walt nu al maanden beloofde dat hij Gob de oceaan zou laten zien. 'Tweehonderdtwintig pond waterverplaatsing,' zei Walt, terwijl hij zich op zijn naakte borst en buik sloeg, waarna hij de branding in rende, het ontzagwekkende ademende geluid van de zee in. Hij hield ervan rond te springen in het water, zijn lichaam tegen de brekende golven aan te smijten of met ze mee te zwemmen tot ze hem optilden en voortdroegen, rondtuimelend en draaiend, naar de kust. Gob vermaakte zich op een meer gereserveerde manier. Hij ging traag en weloverwogen de branding in, liep door tot het water tot halverwege zijn borst kwam, begon toen met sterke, gelijkmatige slagen te zwemmen, dook als een dolfijn onder de golven door tot hij er voorbij was en zette toen rechtstreeks koers naar diep water. 'Waar ga je heen?' riep Walt hem achterna, maar hij kreeg geen antwoord. Omdat Gob in een sombere stemming was – het uitbreken van de nieuwe oorlog aan de Rijn had een buitengewoon deprimerende uitwerking op hem gehad – was Walt even bang dat hij in oostelijke richting wilde zwemmen tot hij moe zou worden en zou verdrinken. Hank zei: *Ik heb een hekel aan die snelle getijdegolven; ze gooien hem nog op de rotsen!*

Maar al heel snel nadat hij aan de horizon was verdwenen zag Walt hem weer; hij kwam terug, zijn lieve dobberende hoofd groeide van een spikkeltje tot een vlek uit naarmate hij dichterbij kwam. Hij kwam net zo kalm en gelijkmatig terugzwemmen als hij was vertrokken. Een golf kreeg hem te pakken, zodat hij voorover tuimelde en op zijn voeten terecht kwam. Hij kwam de oceaan uit en liep het hete zand op naar de schaduwen aan de voet van een duin, waar ze hun kleren hadden achtergelaten. Walt waadde naar de kust en rende achter hem aan.

'Wat een show!' zei hij. 'Ik was bang dat je zou verdrinken.'

'Ik houd van zwemmen,' zei Gob. 'Het is mijn vroegste herinnering, zwemmen met mijn broer.'

'Voel je je nu beter?' Walt ging zitten, legde zijn arm om Gobs schouder en trok hem even tegen zich aan. Hij wenste dat hij het niet had gevraagd. Want meteen leek Gob zich weer te herinneren hoe treurig hij was.

'Nee,' zei hij. Walt probeerde hem op te beuren met een maaltijd van koude geroosterde kip en door verhalen over het strand te vertellen. Hij vertelde Gob dat hij als jongen altijd naar ditzelfde stuk strand was gegaan: in de winter spieste hij aal en in de zomer raapte hij eieren van meeuwen. Op een of andere manier bracht deze prettige herinnering bij Gob weer de laatste moord naar boven waarvan de sensatiebeluste New Yorkers hadden genoten. De heer Nathan, een gedistingeerde jood, was in zijn prachtige huis doodgeslagen.

'Mijn moeder zegt dat ze met die dode heeft gepraat,' zei Gob. 'Ze zegt dat de zoon het heeft gedaan.'

Walt zei dat hij het een afschuwelijke zaak vond dat een zoon zijn vader met een loden pijp doodsloeg, dat het een weerspiegeling was van een onvermogen dergelijke gedachten terzijde te schuiven. 'Ik word niet beheerst door mijn duistere aanvechtingen,' zei hij. 'Dat is het belangrijkste aspect als je de strijd en het gezwoeg van het leven wilt doorstaan, beste Gob – opgewekt blijven.'

'Denk jij dan niet aan ze, Walt?' vroeg Gob. 'Die Fransen die sneuvelen bij hun opmars naar Saarbrücken? Meneer Nathan die zijn razende zoon om genade smeekt? Jouw broer die je riep in het gekkenhuis, stervend tussen vreemden?' Walt had die winter nog een broer verloren, Jesse. Hij was jaren krankzinnig geweest nadat hij een zware val uit de mast van een schip had gemaakt. Walt had hem in het King's County Lunatic Asylum laten opnemen en hem maar één keer bezocht. Jesse had er heel stil bij gezeten terwijl Walt een cadeau in zijn schoot legde – vers brood en jam van hun moeder – en hem nieuws van thuis vertelde. Toen was Jesse echter zonder te waarschuwen uit zijn stoel gesprongen en had Walt tegen de grond gedrukt. Hij had hem in zijn neus gebeten en zijn ogen gelikt en hem een verachtelijke hater van kool genoemd. Nu was hij dood, en Walt ontdekte dat zijn broer, nu hij dood was niet zoveel verder weg leek te zijn omdat hij hem al uit zijn hoofd had gezet nadat de waanzin hem had opgeëist. Hoe moest hij het uitleggen? De dood van Jesse en Andrew leken onbelangrijk, en toch sloeg de gedachte dat Gob dood zou kunnen gaan hem met verlamming. De gedachte *had* hem zelfs verlamd. Als hij er te lang over nadacht zou hij zich tot een vreselijke staat opwerken en licht in het hoofd worden van bedroefdheid en angst. Zijn handen zouden gloeien, er zou een steeds grotere brok in zijn keel komen en hij zou een verschrikkelijke diarree-aanval krijgen. Als Gob tijdens dat lange zwempartijtje veel langer uit zicht was gebleven zou Walt misschien in het water zijn flauwgevallen en verdronken zijn.

'Natuurlijk denk ik daaraan,' zei Walt. 'Natuurlijk ben ik treurig. Als ik het op zijn beloop laat zou het me verteren. Zijn hart scheurde en ik vraag me af of zijn hart niet verscheurd werd door de gecombineerde last van waanzin en verdriet, zoals handen een papieren zak kunnen verscheuren. Soms denk ik dat ik hem hoor, raaskallend en huilend en stervend. Ik kan nadenken over zijn leven—hoe het eruit had kunnen zien als de waanzin hem niet had opgeëist, en ik kan van dat verloren leven houden zoals ik van het verloren leven van Andrew kan houden, en ik kan om hem rouwen. Je zou je hele leven zo kunnen doorbrengen, in dienst van de rouw. Je hebt dat zelf gezegd. En waar is het goed voor? Het zal ze niet terugbrengen als je jezelf uitholt, als je je eigen hart verplettert met eenzaamheid en verbittering. Mijn vriend, daar krijg je ze niet mee terug.'

Nog terwijl Walt deze woorden uitsprak vond hij ze steeds minder prettig klinken, omdat ze conventioneel en laf en dom leken en niet met zijn eigen ervaring leken te rijmen. Was Hank niet in zekere zin bij hem teruggekomen?

Natuurlijk, zei Hank, *natuurlijk*. En Gob zei: 'Misschien ook wel.'